KB097573

이상한 사람들

이상한 사람들

잘 알려지지 않은 **최인호의 소설**

책읽는섬

그는 이상한 사람이었다.
그는 언제나 사닥다리 위에 올라가서 잠이 들었다.
우리들은 그곳을 다락방이라고 불렀다.
그는 사닥다리에 그가 산 우표 한 장을 붙였다.
그것은 그의 집을 유일하게 치장시켜주는 단 하나의 그림 액자였다.
우표에는 먼 나라의 여왕 초상화가 새겨져 있었다.

이상한 사람들의 이상한 꿈

5년 전인가.

나는 오만의 밤 바닷가에서 3백 킬로그램이 넘는 거대한 바닷거북이 알을 낳는 모습을 본 적이 있었다. 놀라운 것은 알을 낳는 바닷거북 바로 곁에서 이제 막 알에서 깨어난 새끼거북이 인도양의 바닷물로 뛰어드는 장면이었다.

그 새끼거북이 바닷속으로 들어가 30년간이나 넓은 대양을 헤매다가 다시 자신이 태어난 고향의 바닷가로 회귀하여 내가 본 바닷거북처럼 알을 낳는

다는 것이다.

하느님에 의해서 하늘과 땅이 갈라진 천지창조 이후부터, 저 밤하늘에 별과 달이 생겨난 이후부터, 저 바다가 생겨나고 물과 뭍이 갈라진 이후부터 바닷거북은 끊임없이 고향에서 알을 낳고 부화한 새끼거북은 다시 바다로 나아가 30여 년의 세월을 보낸 후 이곳으로 돌아와 장엄미사를 올리듯 알을 낳는 것이다.

『이상한 사람들』의 교정을 보면서 나는 문득 5년 전에 보았던 바닷거북의 알 낳는 장면을 떠올릴 수 있었다.

『이상한 사람들』은 1981년 『문학사상』에 한꺼번에 전재하였던 작품이다. 지금으로부터 25년 전에 쓴 작품인 것이다. 그동안 「포플러나무」는 미국의 풀튼 씨에 의해서 번역되어 한 2년간 미국의 전역을 돌아다니며 낭독하였기 때문에 매우 익숙했지만 「침묵은 금이다」와 「이 지상에서 가장 큰 집」은 이번에 교정을 보면서 25년 만에 처음으로 읽게 되었다.

새삼스럽게 이 작품들을 읽으면서 내가 오만의

바닷거북을 떠올렸던 것은 마치 30년 동안이나 망망대해를 떠돌다가 자신이 태어난 고향으로 찾아와 알을 낳는 거북처럼 나도 이 작품들을 처음으로 썼던 서른 살 중반을 거쳐 40대, 50대, 그리고 60대의 망망대해를 거친 후 다시 돌아와 『이상한 사람들』을 산란産卵하듯, 내게 분명히 존재하였던 과거이지만 과연 그것이 사실이었던가 하는 이상한 미시감未視感 같은 것을 느꼈기 때문이다.

분명히 『이상한 사람들』은 내가 서른여섯 살에 쓴 작품이면서도 과연 그것이 내가 쓴 작품이었던가, 그 작품을 쓸 때 나는 분명 존재하고 있었던가 하는 이상한 착시현상을 느꼈던 것이다.

결론적으로 말하면 25년 만에 『이상한 사람들』을 읽으면서 내가 쓴 소설이었으면서도 신선한 감동을 느꼈다. 특히 놀라운 것은 나 자신이 1987년에 가톨릭에 귀의하여 신앙을 갖게 되었음에도 불구하고 그보다 6, 7년 전 『이상한 사람들』을 쓸 때 이미 충분히 종교적 사유를 갖고 있었다는 점이었다.

한 가지 안타까운 점은 『이상한 사람들』을 쓸 당시 나는 같은 제목과 같은 테마로 10편 이상의 연작들을 구상하고 있었는데 만약 내가 그때 처음의 구상대로 간직하고 있던 소재들을 모두 써두었으면 어땠을까 하는 아쉬움이다.

그러나 그때의 풀밭은 지금의 풀밭이 아니다.

찾아도 찾아도 못 찾았던 네잎클로버를 내가 지금 손쉽게 발견하여 찾을 수 있다 하더라도 그것은 예전의 토끼풀이 아니고, 예전의 풀밭이 아니다. 과거의 풀밭은 장례식처럼 지나가버리고, 미래의 풀밭은 달갑지 않게 찾아오는 손님과 같은 확실한 죽음뿐이니.

이제 와 생각하니 우리들의 인생이란 한갓 풀 같은 것. 들에 핀 들꽃처럼 한번 피었다가도 스치는 바람결에 이미 사라져 그 서 있던 자리조차 찾을 수 없는 이상한 사람들의 이상한 꿈에 불과한 것일 뿐이다.

2006년 11월 최인호

| 차례 |

이 지상에서
가장 큰 집

그는 이상한 사람이었다.

그는 더러운 개천물이 흐르는 다리 밑에서 태어났다. 그의 아버지는 거지였다. 그의 아버지는 자기의 이름조차 쓸 줄 몰랐다. 그는 자기의 이름을 '노마'라고 불렀다. 그의 아버지는 성도 없었다. 누가 이름을 물으면 그는 대답했다.

"노마."

누가 성을 물으면 그는 대답했다.

"노마."

어디서 누가 그에게 그런 이름을 지어주었을까.
어렸을 때 그는 아버지에게 이름을 지어달라고 떼
를 썼었다. 그러자 아버지는 그에게 대답했었다.

"네 이름은 노마다."

"그건 아버지의 이름이 아닌가요."

"그럼 이제부터 너를 작은 노마라고 부르자."

이리하여 그는 마침내 이름을 얻었다. 그의 이름
은 '작은 노마'였다.

그를 낳은 어머니는 미친 여자였는데 그를 낳자
마자 그의 온몸에 묻은 피를 고양이처럼 혀로 핥아
주며 말했다.

"이 아이는 커서 자신의 아이를 마구간에서 낳게
될 거예요."

이 지상에서 가장 큰 집

＊

　그해 여름 홍수가 졌다. 한밤중에 그들이 거적을 깔고 있던 다리 밑 숙소로 강이 흘러내렸다. 엉겁결에 다리 위로 올라온 아버지는 엄청나게 불은 개천 물에 자신의 아내가 갓 낳은 아기를 가슴에 안고 떠내려가는 것을 보았다.

　"살려주세요. 살려주세요."

　아버지는 목청껏 소리를 질렀다.

　사람들이 몰려나와 장대를 던졌다. 어머니는 간신히 장대 끝을 잡고 이렇게 말했다.

　"이 아이부터 건져주세요."

　사람들이 손을 뻗어 아이를 건네받자 기진해진 미친 어머니는 그만 붙들었던 장대를 놓고 거센 물살에 휩쓸려 사라졌다. 그리하여 '작은 노마'는 어머니를 잃었다.

　그때부터 '작은 노마'는 자신의 집을 갖는 것이 소원이 되었다. 어떠한 홍수에도 떠내려가지 않을 집, 비와 바람을 가릴 수 있는 집, 그런 집을 갖는 것이 소망이 되었다.

*

'작은 노마'는 '큰 노마'와 둘이서 동냥질을 다녔는데 작은 아이를 데리고 다니는 아버지는 혼자서 비럭질을 할 때보다 많은 음식을 얻을 수 있었다.

아버지는 깡통에 담은 음식 중에서 덜 상한 것, 그것도 맛있어 보이는 것만 먹이고 자기는 몹시 상한 것, 생선의 뼈, 그런 것들만 먹어치웠다.

잠은 아무데서나 잤다.

처마밑이건, 들판이건, 숲 사이 나무 밑 둥치건, 그들이 눕는 곳이 그들의 집이었다. 가을이면 밤이슬이 내리고 머리맡에선 땅강아지가 기어다녔다. 밤에는 별이 무성하게 뜬 하늘이 그들의 이불이었으며, 찬이슬이 내리는 흙이 그들의 요가 되었다. 베개는 마른 낙엽 가지들을 모아 만들고, 아침햇살

이 지상에서 가장 큰 집

이 부챗살을 펴 들면 그들은 다시 길을 떠났다.

집을 갖는 것이 소원이었던 '작은 노마'는 마침내 나뭇잎에 올라가서 잠이 들곤 했었다. 그곳은 습기가 밴 맨땅보다는 편안하고 아늑하였다.

"그곳은 네가 잘 곳이 못 돼."

아버지는 언제나 그렇게 말했다.

"그곳은 집이 아니다. 그곳은 사람이 자는 곳이 아니다. 그곳은 박쥐나 새, 개똥지빠귀 같은 벌레들이나 잠드는 곳이다."

그러나 그는 나무 위에서 잠자기를 포기하지 않았다. 그곳은 그가 꿈꿔오던 집의 다락방 같은 느낌을 불러일으키고 있었다.

"이곳은 이층이에요, 아버지."

그는 나뭇잎들 속에서 소리를 지르곤 했었다.

"아버지는 일층에서 주무시구요."

"잘 자거라."

아버지는 나무 밑에 누워서 이층에 웅크리고 누운 아들을 보며 다정하게 말했었다.

*

　나무 위는 그가 어릴 때부터 꿈꿔온 지붕 밑의 다락방이었다. 밤하늘에 뜬 달은 그의 다락방을 비추는 형광램프였으며 별들은 그의 다락방 벽면을 바른 벽지에 새겨진 사방연속무늬의 문양紋樣이었다. 가지에 무성히 자란 나뭇잎들은 그의 다락방 창문에 펼쳐진 커튼이었으며 험하게 뻗어내린 나무줄기는 다락방으로 올라가는 계단이었다. 가끔씩 나뭇가지로 기어오르는 뱀과 물구나무서서 잠든 박쥐와 새 들은 그가 가지고 노는 장난감들이었다.

　튼튼해 보이는 나뭇가지에 누워 잠을 청하려 하면 무르익은 달빛에 전구처럼 반짝이는 과일들이 보였는데 그럴 때면 그는 하나하나 과일들마다에 이름을 지어주곤 했었다.

　"너는 벽시계. 너는 책상 위의 오뚝이. 너는 자명종. 어김없이 일곱시면 따르릉거린다. 너는 저금통, 너는 자물쇠……"

그러다보면 스르르 잠이 들곤 했었는데 다음날 일곱시면 어김없이 자명종 역할을 맡은 과일이 제 풀에 떨어져 그의 잠을 깨우곤 했었다.

*

겨울은 추웠다.

풍요했던 그의 다락방은 헐벗고, 썰렁해져버렸다. 그는 그래도 그 다락방을 떠나지 않았다. 무성했던 나뭇잎 커튼은 어디론가 사라졌으며 뱀 장난감도, 박쥐 장난감도 찾아오지 않았다. 그는 자명종도, 오뚝이도, 벽시계도, 자물쇠도 가지지 못한 다락방의 주인이었지만 딱딱한 나뭇가지의 침대가 있었으므로 언제나 그곳에서 자곤 했었다.

아버지는 그가 겨울이 되어도 나뭇가지에서 잠자는 것을 고집하자 생전 처음 자신의 뺨을 때리며 말했다.

"나는 널 때리지 못하겠다. 난 날 때리겠다."

아버지는 자신의 뺨을 때리며 자기가 아파서 자
기가 울었다. 그래서 그는 다락방에서 내려왔다. 두
사람은 곧잘 굴뚝 밑을 찾아가서 자곤 했는데 그곳
은 군불 지피는 온돌처럼 따뜻했다. 그러나 그는 마
악 잠드는 아버지 곁을 떠나며 울면서 말했다.

"아버지. 난 내 집으로 가겠어요. 난 내 집이 좋아요."

겨울에는 때로 눈이 내렸는데 그것은 흰 솜으로
만든 이불처럼 보였으며, 그래서 그는 언제나 좋은
꿈을 꾸고 편안히 잠잘 수 있었다. 아버지는 그가
나무 위에서 잠드는 버릇이 자기 집을 가지고 싶은
소박한 꿈 때문이라고 생각하고 있었지만 실은 또
하나의 숨은 소망이 있었기 때문이었다. 나무 위는
하늘과 그만큼 더 가까웠으며, 하늘과 가까워진다
는 것은 죽은 어머니와 더 가까워질 수 있다는 염원
때문이었다.

*

어느 해 겨울, 나무 위에서 잠들었던 그가 아침에
일어나 굴뚝 밑으로 돌아와보니 아버지는 누운 자
리에서 일어나지 못했다. 사람들은 그가 얼어죽었
다고 말했다. 생전 집이라고는 가져보지 못한 큰 노
마는 그래도 운 좋게 죽어서 자기 키만 한 집을 소
유할 수 있었다. 그것은 둥근 떼를 입힌 초가집 같
은 지붕을 지닌 무덤이었다. 인정 많은 사람들이 그
의 집 앞에 문패도 달아주었다.

아버지가 남겨놓고 간 물건은 찌그러진 깡통과,
부러진 안경, 찢어진 담요와 남루한 옷, 그 옷 속에
들어 있는 동전 몇 닢, 그리고 어디선가 주운 찢어
진 성경책 한 페이지였다.

그는 글자 하나도 읽을 줄 모르던 아버지가 왜 그
책 한 장을 가지고 있었는지 이해할 수 없었다. 그
역시 글을 읽을 줄 몰랐으므로 그는 떨어진 성경책
한 장을 들고 지나가는 사람에게 읽어달라고 부탁

을 했다.

"공중에 나는 새들을 보아라. 그것들은 씨를 뿌리거나 거두거나, 곳간에 모아들이지 않아도 하늘에 계신 너희의 아버지께서 먹여주신다. 너희는 새보다 훨씬 귀하지 아니하냐. 너희 가운데 누가 걱정한다고 목숨을 한 시간인들 더 늘일 수가 있겠느냐? 또 너희는 어찌하여 옷 걱정을 하느냐. 들꽃이 어떻게 자라는가 살펴보아라. 그것들은 수고도 하지 않고 길쌈도 하지 않는다. 그러나 온갖 영화를 누린 솔로몬도 이 꽃 한 송이만큼 화려하게 차려입지 못하였다. 너희는 어찌하여 그렇게도 믿음이 약하느냐. 오늘 피었다가 내일 아궁이에 던져질 들꽃도 하나님께서 이렇게 입히시거늘 하물며 너희야 얼마나 더 잘 입히시겠느냐. 그러므로 무엇을 먹을까 무엇을 마실까 무엇을 입을까 걱정하지 말라……"

그는 그 말의 뜻을 알지 못했다. 다만 누군지도 모르는 하나님이라는 이상한 힘과, 이상한 동정심을 가진 사람이 하나 있어, 그는 원하면 먹을 것과 마실 것과 입을 것을 주신다는 말의 구절만은 머리에 인상 깊게 남아 있었다.

그 이후부터 그는 다시는 나무 위에서 잠자지 아니하였으며 지상에서 자신의 집을 가지기 위해서 부단히 노력하였다.

*

도시로 흘러들어온 그는 산비탈 언덕 위에 밤새도록 집을 지었다. 다음날이면 투구를 쓴 사람들이 곡괭이와 망치를 가지고 들어와 그가 하룻밤 사이에 지은 집을 때려부쉈다. 그는 밤마다 숨바꼭질을 했다. 그는 저녁이면 다시 집을 지었다. 이번에는 오래전부터 그곳에 있었던 판잣집처럼 보이게 하기 위해서 판자 위에 콜타르칠을 해보았다. 다음날도 투구를 쓴 사람이 찾아와 그의 집을 때려부쉈다. 그는 울면서 매달렸다.

"이건 내 집입니다. 제발 내 집에 손을 대지 마세요."

이 지상에서 가장 큰 집

그러나 집은 단숨에 부서졌다.

그는 투구를 쓴 사람들의 눈을 도저히 피할 수 없음을 깨달았다. 그는 자기가 돈을 벌어 집을 짓기로 마음먹었다. 그는 아무것도 할 줄 몰랐다. 아는 사람도 없었다. 읽을 줄도, 쓸 줄도 몰랐다. 자기 나이도 몰랐으며 그가 아는 것은 자신의 이름이 '작은 노마'라는 것뿐이었다. 그는 일해서 돈을 벌고 싶었다. 그러나 아무도 그에게 일자리를 주지 않았다.

그는 지하도 앞 계단에 앉아서 동냥질을 했다. 그는 자기가 남에게 동정을 받기 위해서는 불쌍하게 보여야 한다는 사실을 깨달았다. 그는 멀쩡한 자기보다 다리를 저는 불구자가 더 동정을 받는 것을 보았으며 그래서 그는 불구자가 되고 싶었다. 그러나 멀쩡한 다리를 자기 손으로 자를 만한 용기를 그는 가지고 있지 못하였다.

그래서 그는 조용히 앉아 있기만 했었다. 지나가는 사람들이 그에게 동전을 던졌다. 그는 대부분 눈을 감고 앉아 있었는데 그래서 사람들은 그가 앞을 못 보는 장님인 줄로 착각하였다. 남을 속인다는 것이 나쁜 일인 줄 알고 있었지만 그는 어쨌든 눈을 감고 하루종일 앉아 있었다.

지하도를 올라가는 사람들의 발자국 소리, 내려가는 발자국 소리, 옷깃이 바지에 스치는 옷자락 소리, 구두가 계단의 금속 부분을 부딪쳤을 때 들리는 쇳소리, 여인들의 날카로운 구두굽 소리, 무어라고 떠드는 고함 소리, 술 취해 노래 부르는 목소리. 그는 자기 앞을 스쳐지나가는 사람들이 만드는 소리들을 눈을 감은 상태에서 듣고 있었다. 그들은 가래침을 뱉듯 동전을 던졌다. 그는 동전 소리만 들어도 그 동전의 액수를 알 수 있을 만큼 익숙해졌다.

그는 하루에 한 끼만 먹었으며 그가 동냥질을 해서 모은 돈을 한 푼도 쓰지 않았다. 그는 꼬박 오십 년간 장님 행세를 했다.

그는 실제로 거의 장님이 되어버린 노인이었으며 완전히 허리가 굽어졌다. 그는 살아온 인생을 모두 집을 사기 위해서 돈을 모으느라고 온 정력을 바쳐

왔으므로 그의 어머니가 원했듯이 자신의 아이를 가지지 못했으며, 그래서 '더 작은 노마'도 만들어 내지 못했다. 그러나, 그는 그 희망을 완전히 버린 것은 아니었다.

자신의 집을 갖게 되면 그는 아내를 얻고 아이를 낳으리라고 갈망하고 있었다. 그는 아직 예순일곱 살이었으며 아이는 마땅히 안락한 집과 따스한 방에서 낳아야 한다고 굳게 믿고 있었다.

그러나 그는 너무 늙고 지쳐 있었다. 사람들은 그가 조금 돌아버린 미친 늙은이라고 말들을 했다.

*

그는 어쨌든 예순일곱 살에 아주 작은 집을 소유할 수 있었다. 나는 그의 집을 가보았다. 나는 그렇게 작은 집을 본 적이 없었다. 그것은 너무 작아서 집의 설계 모형 같아 보였다.

집은 방 하나와 부엌, 그리고 손수건만큼 작은 마

당을 갖고 있었다. 방은 그가 누우면 발가락이 문지방 밖으로 나갈 만큼 작았는데 그래서 그의 집은 집이 아니라 누에고치 같아 보였다. 그래도 그것은 엄연한 집이었다.

그는 마당에 엉겅퀴도 심었고 나팔꽃도 심었다. 아침마다 나팔꽃이 피었으며 나팔꽃은 뚜뚜따따 주먹손으로 기상나팔을 불곤 했었다. 그는 벽에 자신의 아버지가 남겨준 성경책 한 페이지를 액자에 담아 걸어놓았었다.

키가 아주 작은 노인이었고 눈조차 보이지 않았으므로 그 액자를 벽에 붙이기 위해서 못질을 하는 노인을 내가 도와주었는데 그때 그는 웃으며 말했다.

"내 방에 내 손으로 내가 못질을 한다. 아가야, 이 얼마나 즐거우냐."

그는 분명히 액자가 걸릴 만큼 튼튼하게 못을 박았음에도 서너 번 더 못질을 했었다.

그는 자기의 방에, 자기 손으로 못질을 하는 것이 즐거운 듯 보였다. 그래서 그는 방의 벽이란 벽엔 모두 빈틈없이 못질을 하고 돌아다녔다.

그는 거리에서 주운 은행잎도 벽에 걸었으며, 그의 아버지가 물려준 부러진 안경도 벽에 못질을 해서 걸었다.

*

그가 죽기 전에 할 일은 이제 그의 어머니가 그토록 간절히 원했던 아이를 갖는 일이었다. 달리 무슨 불행한 일만 벌어지지 않는다면 그는 자기가 꿈꾸었던 대로 그 집에서 행복한 여생을 보낼 수 있을 것이었다. 그러나 그가 꿈꾸어왔던 행복은 오래가지 않았다. 그는 그 집에서 불과 일주일밖에 살지 못했다.

어느 날 시청에서 투구를 쓴 사람이 몰려와서 노인에게 이렇게 말했다.

"이 집을 떠나주십시오. 우리는 이 집을 부숴야 합니다."

"어째서요?"

노인은 울부짖으며 물었다.

"이 집이 무허가 건물인가요?"

"아닙니다. 무허가 건물은 아닙니다만 이 동네가
도시계획 구역에 들었습니다. 도시 미관상 우리는
이 집을 부숴야 합니다. 우리는 이곳에 공원을 지을
것입니다. 물론 그에 해당하는 대가는 지불하겠습
니다. 동네 주민들이 모두 우리들의 의견에 찬동했
습니다. 할아버지만 남았습니다. 여기에 사인을 해
주십시오."

"못 해요. 못 합니다."

노인은 단호하게 머리를 흔들었다. 그는 소리질
렀다.

"이 땅은 내 땅이며, 이 집은 내 집입니다. 내가
이 집을 가지는 데 얼마나 오래 걸렸는지 아시오.
난 당신이 태어나기 전부터 동냥을 했소."

"할아버지."

그들은 웃으며 말했다.

"이건 집이 아닙니다. 이건 새장입니다. 할아버지는 이제 좀더 큰 집으로 이사를 할 수 있습니다."

"안 돼."

그는 대답했다.

"아무도 이 집을 부수지 못한다."

*

그날 밤 그는 지붕 위에 올라갔다. 지붕 위에 달이 걸려 있었다. 그는 무서웠다. 그가 잠든 새 그들이 그의 집을 망치와 곡괭이로 때려부술까봐 무서웠다. 그는 문지방을 갉는 쥐들에게도 애원했다.

"가거라. 원한다면 이 다음에 내가 죽은 뒤 내 뼈를 갉아먹으렴."

쥐들도 그의 말을 알아들었다. 그래서 그의 집엔 얼씬도 하지 않았다.

동네 사람들은 하나씩 둘씩 마을을 떠났다. 투구를 쓴 시청 직원들이 빈 집을 때려부쉈다. 그들은

빈 터에 흙을 고르고 벤치와 관상수를 심었다. 동물원 우리도 놓았고 공작새를 가두었다. 회전목마도 놓았다. 마침내 모든 집들이 공원이 되었지만 그의 집만은 남아 있었다. 낮이나 밤이나 그는 지붕 위에 앉아서 목쉰 소리로 소리를 질렀다.

"내 집을 부수면 안 된다. 내 집을 부수면 안 돼."

조경造景 공사가 거의 끝날 무렵 시청의 높은 관리 하나가 공사가 제대로 진척되는가를 시찰하기 위해서 찾아왔다. 그는 만족스럽게 공원을 둘러보다가 미친 할아버지가 지붕 위에 앉아 소리를 지르는 것을 보았다.

"그는 누구인가. 짐승인가. 난 저렇게 인간과 흡사한 짐승을 본 적이 없는데."

"아닙니다."

현장감독이 난처한 얼굴로 대답했다.

"그는 자기 집을 지키고 있습니다. 자기 집에서 아이를 낳기 전에는 어떠한 조건도 받아들일 수가 없다고 고집을 부리고 있습니다."

"그는 미쳤다. 저 사람 하나 때문에 공원을 망칠 수 없다. 그를 체포해."

*

그날 밤 한 떼의 사람들이 그를 잡으러 왔다. 그는 죄수를 호송하는 차에 실려 어디론가 끌려갔다. 그의 집을 부수기까지 그를 가둬둘 필요가 있었지만 경찰관들은 그를 가둘 만한 죄상을 발견해내지 못했다. 그는 뚜렷한 이유도 없이 철창 속에서 일주일을 보냈다. 일주일 후 그를 풀어주며 관리들은 그에게 돈을 주었다.

"이곳에 사인을 하세요, 할아버지."

글을 쓸 줄 모르는 '작은 노마'는 내미는 볼펜을 받아들었다. 그는 자기의 이름을 쓰는 대신 그 언젠가 어렸을 때 그가 가장 사랑했던 아버지와 동냥을 하며 돌아다닐 무렵, 벽에 씌어 있던 낙서를 흉내내서 이런 모습을 그렸다.

　　　　　　　　　　이 지상에서 가장 큰 집

"♡"

그는 경찰서를 나왔다. 그는 자기 집을 찾아 걸었다. 그는 자기 집을 찾아와서야 왜 그들이 그에게 돈을 주었는지 이해할 수 있었다. 그가 평생 그토록 가지고 싶었던 그의 작은 집은 부숴져 흔적도 없이 사라져버리고 그곳은 공원의 풀밭이 되어 있었다.

그는 자신의 눈이 나빠져서 자기 집을 보지 못한 모양이라고 생각했다. 그는 풀밭을 헤쳤다. 그의 집이 서 있던 곳은 잘 깎은 잔디밭이 되어 있었고 토끼풀이 무성히 자라고 있었다. 그는 좋은 의미로 그 토끼풀 사이에서 네 잎의 클로버를 찾고 있는 사람처럼 보였다.

그의 집은 아주 작아서 그 집을 비우고 난 뒤 받은 돈으로는 이 지상의 어떤 집도 살 수 없었다. 그가 한때 소유했던 집보다도 작은 집은 존재하지 않았다. 그것은 한 잔의 우유와 식빵 두 개, 말린 건어물, 그리고 우표 한 장 살 수 있는 돈에 불과했다.

노인은 생전 처음 그 돈으로 그토록 먹고 싶었던

우유와 식빵 두 개와 말린 건어 한 마리를 먹었다. 그는 그의 집을 먹어버린 셈이었다. 그는 나머지 돈으로 우표 한 장을 샀다.

그러고 나서 그는 결심했다. 그는 힘차게 걸어 공원으로 들어갔다. 그는 자신의 다리를 축軸으로 해서 자기 손이 닿을 수 있는 한도 내에서 그릴 수 있는 최대한의 원을 자기 집이 섰던 자리에 그렸다. 그는 그 원의 가장자리에 흰 횟가루를 뿌렸다. 그는 말했다.

*

"이곳은 내 집이다. 내 방이다. 아무도 들어오지 못한다."

그는 그곳에서 잤다. 그는 양심적인 사람이었으므로 자기 집 이외의 땅은 절대 침범하지 않았다. 아이들이 공놀이를 하다 공을 빠뜨려 그의 집 근처에 가면 그는 소리질렀다.

"애들아, 멀리 가서 놀아라. 여긴 내 집이란다."

아이들은 할 수 없이 이렇게 애원할 수밖에 없었다.

"미안하지만 할아버지, 할아버지 집에 저희 공이 들어갔어요. 좀 주시겠어요?"

"멀리 가서 놀아라. 너희들 공이 우리집 유리창을 깨뜨릴 것 같구나."

행복한 사람들은 주말이면 아이들을 데리고 공원으로 나와 산보를 했다. 그들은 무심코 그가 앉은 원의 내부로 침범하려 했다. 그럴 때면 그는 소리질렀다.

"여긴 내 집이오. 썩 나가주시오."

내가 찾아갔을 때 할아버지는 나를 알아보았다.

"어서 와라."

그는 말했다. 그는 슬퍼 보였다.

"집이 너무 작아서 너를 문밖에 세워두는 것을 용서해주겠니?"

"괜찮아요, 할아버지. 여기가 할아버지의 새집인가요."

"암, 그렇지. 여기가 내 집이야."

"할아버지네 집에 편지를 보내려면 어떻게 하지요."

"전번 주소로 편지를 보내면 돼. 헌데 아가야, 이 집엔 못질을 할 벽이 없구나. 난 그것이 제일 슬퍼."

할아버지는 자신의 집 마당에 나팔꽃도 심고 엉겅퀴도 심었다. 그는 배추도 한 포기 심었으며, 아주 작은 채송화를 두 그루 심었다.

"내 꽃밭을 봐라. 얼마나 아름답니. 이 다음에 씨가 여물면 네게 채송화 씨앗을 주겠다."

그는 누울 수가 없었다. 그의 집 마당은 너무 작았으므로 그는 선 채로 잠들었다.

"이층을 만들어야겠다."

언젠가 내가 또 찾아갔을 때 그는 결의에 찬 목소리로 말했었다. 그는 하루 낮, 밤을 걸려 사다리를 하나 만들었다.

"어떠냐, 내 이층 다락방 좀 보렴."

그는 계단을 올라 사닥다리 위에 위태롭게 주저앉으며 말했다.

"아주 좋아요. 아주 근사해요, 할아버지."

그는 언제나 사닥다리 위에 올라가서 잠이 들었다. 우리들은 그곳을 다락방이라고 불렀다. 그는 사닥다리에 그가 산 우표 한 장을 붙였다. 그것은 그의 집을 유일하게 치장시켜주는 단 하나의 그림 액자였다. 우표에는 먼 나라의 여왕 초상화가 새겨져 있었다.

나는 지금도 안다. 할아버지는 마침내 자기 집을 가졌다. 그 집에서 지냈던 일주일이 할아버지는 가장 행복했을 것이라고. 행복이란 것이 무엇인가. 그것은 할아버지가 꽃밭을 지나 응접실 문을 열고 거실을 거쳐 이층으로 올라가는 계단에서 잠시 발을 멈추고 먼 나라의 아름다운 여왕의 초상화를 들여다보는 일이 아닌가.

공원관리사무소에서 위촉한 한 떼의 투구 쓴 사람들이 노인을 데리러 왔다. 그들은 노인을 차에 실었다. 노인은 소리질렀다.

"여긴 내 집이야. 신발을 벗고 들어오시오. 마루

에 흙물이 묻어요."

그러나 그들은 신발을 벗지 않았다. 그들은 군화
를 신은 발로 그가 애써 가꾼 꽃밭을 짓밟았다. 두
그루의 채송화가 무참하게 죽었고, 나팔꽃은 이미
시들어 있었다.

"내 꽃밭, 아, 아, 내 꽃밭을 밟지 말아요."

그들은 노인을 떠메고 어디론가 사라졌다. 마악
사라질 무렵 노인은 울면서 나를 보고 말했다.

"아가야, 저 이층의 다락방을 네게 주겠다. 네가
그것을 가지렴."

할아버지는 다시 돌아오지 않았다. 나는 할아버
지의 사닥다리를 메고 집으로 돌아왔다.

*

지난 토요일 나는 두 아이를 데리고 오랜만에 그
공원에 가보았다. 공원엔 수많은 사람들이 나와 해
바라기를 하고 있었다. 아이들은 경마장의 경주용

말처럼 뛰놀고 있었고 아버지들은 갓 태어난 아이들을 목마를 태우고 휘파람을 불었다. 여기저기서 깔깔대는 웃음소리가 쩡쩡 울려퍼지고 있었고 사진을 찍는 아버지들의 모습이 바빠 보였다. 카메라 렌즈 앞에서 억지 웃음을 지어 보이는 아이들은 입에 치약 거품을 물고 있는 것처럼 보였다.

나는 할아버지의 집을 가보았다. 그곳은 여전히 푸른 잔디밭이었다. 내 아이들이 잔디밭을 뛰놀며 나를 불렀다.

"아빠, 이리 와서 함께 놀아요."

나는 생전 처음 할아버지의 울타리 안으로 들어가보았다. 집도, 그 집의 주인도 사라져버린 빈 마당엔 토끼풀과 꽃들이 무성히 자라 있었다. 토끼풀 위에 자란 흰 꽃들은 밤에 그가 빨아 넌 빨래들처럼 보였다. 나는 그 꽃을 따서 아들 손목에 팔시계를 채워주었다.

딸아이에게는 꽃반지를 만들어주었다. 아이들은 너무나 행복해서 말했다.

"아빠는 못 만드는 게 없네. 토끼풀 꽃 가지고 시계도 만들고, 반지도 만들고."

우리들은 해 저물도록 네 잎을 가진 토끼풀을 찾았다. 나는 한 개도 찾지 못했는데 딸아이가 세 개를 찾았다.

"아빠, 이건 아빠에게 주는 행운의 선물이에요."

나는 무심코 황혼빛에 빛나는 그의 빈 집터를 내려다보았다.

아, 아, 할아버지는 아직도 풀밭에 너무나 많은 것을 가꾸고 계신다. 지금은 흔적도 없이 사라져버린 그의 꽃밭에 너무나 많은 것을 가꾸고 계신다. 지금은 흔적도 없이 사라져버린 그의 꽃밭에 바람으로 찾아와 물도 주고 손수 비를 뿌리면서. 저 바람에 여리게 흔들리는 토끼풀의 꽃을 보아라. 너는 그 꽃 한 송이에는 미치지 못한다. 가만히 들어보렴. 바람들이 풀의 현絃들을 뜯고 스쳐지나간다. 그들은 하프 소리를 내고 있다. 그리하여 풀들이 엮은 초금草琴으로 아름다운 노래를 연주하고 있다.

이 지상에서 가장 큰 집

'그러나 온갖 영화를 누린 솔로몬도 이 꽃 한 송이만큼 화려하게 차려입지 못하였다.'

나는 아주 어렸을 때 할아버지의 집 벽에서 읽었던 성경 구절 하나를 떠올렸다.

그렇다. 이 모든 것이 그의 것이다. 우리의 것이 아니다. 우리들은 그의 집 한 칸을 빌려 쓰고 있을 뿐이다. 이 우주는 모두 그의 집이다.

*

그날 밤 산보를 마치고 돌아온 내게 아내가 말했다.

"여보, 저 그림 좀 벽에 붙여주세요."

아내는 상점에서 사온 명화의 복사화를 가리키며 말했다. 키가 닿지 않았으므로 창고에서 사닥다리를 가져왔다. 까마득히 오래전에 그 할아버지에게서 물려받은 사닥다리였다. 나는 사닥다리 위에 올라서서 못질을 했다. 나는 그날 밤에야 처음 그의

이층 다락방에 올라가본 셈이었다. 나는 그의 다락
방에서 액자가 걸릴 만큼 충분히 튼튼한 못질을 했
음에도 불구하고 서너 번 더 망치질을 했다.

　그 옛날, 어렸을 때 그가 내 앞에서 그러했듯이.

이상한
사람들 **2**

포플러나무

그는 이상한 사람이었다.

그는 한때 높이뛰기 선수였다. 전성기 때 그는 2미
터 30센티를 무난히 뛰어넘곤 했었다. 그가 살던
마을에선 그를 당하는 사람이 없었다.

그의 최고기록은 2미터 40센티였다. 제아무리 키
큰 사람이라도 그는 뛰어넘을 수 있을 정도였다. 아

무리 높은 담도 그는 옷깃 하나 스치지 않고 사뿐히 뛰어넘곤 했었다. 그는 보기 드문 훌륭한 사람이었다.

한때 모든 사람들은 그가 곧 세계신기록을 수립하리라 믿고 있었다. 그는 전문적인 운동선수는 아니었다. 그는 대장간에서 낫과 도끼 그런 것을 만드는 대장장이였었다.

사람들은 그가 높이 뛰는 모습을 보기 좋아했다.

우리들은 그에게 높이 뛰어보라고 부탁을 하곤 했었다. 그가 운동선수가 아니었으므로 우리들은 그가 뛰어넘다가 떨어졌을 때 다치지 않도록 모래밭을 준비하거나, 몸을 스치기만 해도 흔들려 떨어지는 장대 같은 것을 준비하지는 않았다.

우리는 그저 키 큰 싸리울타리를 뛰어넘어보라거나, 우리들 중에서 제일 큰 아이들이 두어 명 목마를 타고 선 머리 위로 뛰어넘어보라고 유혹해보았을 뿐이었다.

그는 우리들의 요구에 자주 응하지는 않았지만 그

　　　　　　　　　　　　　　　　포플러나무

렇다고 자신의 재능을 뽐내거나 우쭐해하지 않았기 때문에 우리들의 유혹에 번번이 져서, 웃통을 벗고 넘기려 하는 대상 저 앞쪽에 웅크리고 서 있다가 돌연 미친듯이 달려서 휙, 바람을 가르며 우리들 친구들이 목마를 타고 선 장애물을 날카롭게 뛰어넘곤 했었다. 그는 한 번도 실패하지 않았다. 그는 위대한 사람이었다.

*

우리들은 그를 위대한 사람이라고 생각하고 있었기 때문에 마침내 그가 운동장 국기 게양대까지 뛰어넘을 수 있을 것이라는 것을 믿어 의심치 않았다.

나는 그가 마침내는 거대한 산을 단숨에 뛰어넘을 수 있을 것이라고 믿고 있었다. 하늘에 뜬 구름도 단숨에 뛰어넘고 저 하늘에 빛나는 별들을 한줌 뜯어다가 우리 앞에 떨어뜨려놓을 거라고 생각했으며 그가 하려고만 들면 저녁녘 먼산에 핏빛으로 물

들어가는 저녁노을조차도 뛰어넘거나 비 온 뒤 서편 하늘에 색동저고리로 찬연하게 빛나오는 무지개를 단숨에 뛰어넘을 수 있을 것이라고 나는 생각하고 있었다.

"무지개를 뛰어넘을 수 있을까요, 아저씨."

내가 물었을 때 그는 대답했다.

"암, 뛰어넘을 수 있고말고."

그는 자신 있게 대답했었다.

"다만 무지개를 향해 달려갈 수 있는 먼 거리의 지평선이 내 앞에 환히 펼쳐져 보일 수만 있다면……"

그러나 그는 2미터 40센티 이상을 뛰어넘지는 못했다. 그것이 그가 뛰어넘은 최고의 높이였다. 그것은 우리 학교 운동장에서 가장 높은 높이의 철봉대였다. 우리들 중 아무도 그것을 붙들고 턱걸이를 할 수 없는 가장 높은 철봉대였다.

포플러나무

*

　그러나 그는 위대했던 사람이었지만 행복했던 사
람은 아니었다. 그는 세 명의 아이를 갖고 있었는데
어느 해 여름 물가에 놀러가 한 아이가 빠졌고 또
한 아이는 그것을 구하러 들어갔으며, 마침내 가장
큰 아이가 빠진 두 동생을 구하러 들어갔다가 한꺼
번에 세 명이 몽땅 죽어버렸다. 그의 아내는 그것을
알고 미쳐버렸는데 미쳐버린 뒤 어디론가 사라져버
렸다. 한 달에 한 번씩 찾아오는 방물장수가 그의
아내를 보았다고 소식을 전해주었다. 한번은 바닷
가에서 보았다고 했으며, 한번은 무덤가에서 보았
다고 했으며, 언젠가는 강가에서 보았는데 온몸에
비늘이 돋쳐 있더라고 우리에게 전해주었지만 우리
는 아무도 그 말을 믿지 않았다.

　세 아이와 아내를 잃고 나서 그 사람은 조금 이상
한 사람이 되어버리고 말았다. 그는 여전히 편자와
낫과 망치를 만들고 있었지만 그가 만든 낫은 풀을

베지 못했으며, 그가 만든 망치는 못 하나 박을 수 없을 정도로 엉터리였다. 그는 높이뛰기도 하지 않았다. 사람들은 그가 우리들도 뛰어넘을 수 있는 개울물도 건너지 못한다고 비웃었다.

그는 종일 대장간에서 풀무질을 하고 있었지만 아무것도 만들지 못했다. 그는 편자조차도 만들지 못했다.

*

동네 사람들이 모두 그를 미친 사람이라고 비웃었지만 우리들은 여전히 그 사람을 우러러 떠받들고 있었다. 나는 여전히 그가 하려고만 들면 국기 게양대를 뛰어넘거나, 마침내는 무지개의 그 아름다운 빛깔들을 조금도 손상치 않고 뛰어넘을 수 있을 것이라고 믿고 있었다. 우리들은 그에게 제일 높은 철봉대를 또다시 뛰어넘어줄 것을 기회가 있을 때마다 부탁하곤 했었다. 그럴 때면 그는 머리를 흔

　　　　　　　　　　　　　　　포플러나무

들며 대답했다.

"난 이제 더이상 높이 뛰어넘을 수 없단다. 아가야, 내 다리는 녹이 슬었다."

그러나 우리들은 그의 말을 믿지 않았다. 그는 우리들의 희망이었다.

"할 수 있어요, 아저씨. 아저씨는 뛰어넘을 수 있어요. 아저씨는 위대한 사람이니까요."

그는 우리들의 기대를 저버리지 않기 위해서 높이뛰기를 했다. 그는 운동장을 미친듯이 뛰어서 허공으로 솟구쳐올랐다. 그러나 그의 높이뛰기는 철봉대의 높이에 어림도 없이 못 미쳤다. 그는 철봉대의 쇠난간에 다리가 걸려 비명을 지르며 쓰러졌다. 그의 다리는 부러졌다.

그의 다리는 영영 회복되지 않았다. 그는 절뚝이며 걸어다녔다. 그는 삼십 센티의 높이도 뛰어오르지 못했다. 그는 개구리보다도 더 못 뛰었다. 그는 개울물에 놓은 징검다리도 뛰어넘지 못했다. 그는 개울물에 늘 빠졌다.

어느 날 그는 마당의 빈터에 포플러나무 한 그루를 심었다. 나는 그가 포플러나무 심는 것을 도와주었다. 나는 왜 그가 갑자기 빈터에 포플러나무를 심는지 그 이유를 알지 못했다. 그는 빈터에 토마토와 배추, 고추와 호박을 심어 그것을 따 먹는 것으로 입에 풀칠을 하고 있었기 때문에 그가 당장 먹을 수 있는 과일나무를 심지 않고 왜 포플러나무를 심느냐고 묻자 그는 대답했다.

"포플러나무가 나무 중에서 가장 빨리 크니까 말야."

"하지만."

나는 말을 끊었다.

"포플러나무엔 열매가 열리지 않아요. 아저씨는 사과나무나 복숭아나무 같은 것을 심는 게 좋아요."

"아니다, 아가야."

그는 웃으며 말했다.

"나는 더이상 배고프지 않다. 토마토와 감자가 얼마든지 있으니까 말이다."

"그럼 뭣 때문에 포플러나무를 심나요."

"더 높이 뛰어오르기 위해서지."

그는 대답했다.

그리고 그는 절뚝거리며 이제 막 심은 포플러나무의 외가닥 줄기를 뛰어넘었다.

"나는 이 나무를 뛰어넘을 것이다. 봐라, 난 이 나무를 뛰어넘었잖니."

"하지만 아저씨, 이 나무는 나도 넘을 수 있어요."

나는 자랑스레 어린 포플러나무를 뛰어넘었다.

"하지만 이 나무는 매일같이 조금씩 키가 클 것이다. 일 년 뒤엔 네 키만큼 크겠지. 이 년 뒤엔 철봉대만큼, 삼 년 뒤엔 국기 게양대만큼, 사 년 후엔 전봇대만큼, 그리고 오 년 뒤면 하늘만큼 자라겠지. 나는 매일 이 나무를 뛰어넘을 것이다. 그렇게 되면 나는 나중엔 하늘만큼 뛰어오를 수 있을 거야."

그는 매일같이 포플러나무에 물을 주고 정성껏 그것을 키웠다. 포플러나무는 그의 말대로 키가 자랐지만 아침마다 피어나는 나팔꽃처럼 움썩움썩 크지는 않았다. 그것은 더딘 속도로 자라났다. 마치 느리게 움직이는 벽시계의 시침처럼.

그는 매일같이 포플러나무를 뛰어넘었다. 쩔뚝거리며.

포플러나무는 일 년 사이에 내 키만큼 자랐다. 파릇파릇한 잎새를 밖으로 내뻗으며, 운동장의 만세 부르는 아이들의 고사리손처럼 바람에 흔들리며.

"봐라."

그는 자랑스럽게 말했다.

"나는 포플러나무를 뛰어넘는다."

그는 내 앞으로 쩔뚝거리며 달려와 포플러나무를 넘었다. 우리들은 어느새 키가 자라 있었고 어떤 놈들은 밀밭에 숨어 몰래 담배도 피우고 있었기 때문에 더이상 그에게 관심을 기울이지 않았다. 그에게 관심을 기울이는 것보다 더 많은 재미와 쾌락을 우리들은 조금씩 배워나가고 있었다. 맛도 모르고 마시는 술과 담배와 여자와 쾌락을 향한 호기심으로 우리들의 아랫도리에선 하루가 다르게 검은 음모가 자라나고 있었다. 나 혼자 그를 찾아갔으며 그는 나 하나만을 위해서 쩔뚝거리며 뛰어서, 쩔뚝거리며 포플러를 뛰어넘었다.

*

이 년 뒤 포플러나무는 내 키를 앞질러 낮은 철봉대 정도로 자랐다. 나는 그때 한 소녀를 사랑하고 있었다. 그녀는 눈부시도록 아름다웠는데 그녀는 논둑 사이에서 내게 속삭이며 말을 했다.

"난 널 사랑하고 있지 않아. 난 네가 싫어. 난 아무도 좋아하지 않아. 내가 좋아하는 것은 단 한 사람뿐이야."

그녀는 누렇게 익은 벼 사이에 서 있는 허수아비를 가리켰다.

"난 그와 결혼하겠어. 난 그의 아이를 낳을 거야."

가을의 들판에는 무수한 허수아비들이 서 있었다. 그것들은 낡은 농모를 쓰고 밀짚의 심장을 가지고 들판에 우뚝 서 있었다. 참새떼들은 아무도 그를 무서워하지 않았다. 나는 왜 그녀가 허수아비를 사랑한다고 말을 하는지 그 이유를 알지 못했다.

그래서 혼자 벼밭 사이로 들어가 허수아비처럼 팔을 벌리고 몇 날 며칠을 서 있기도 했었다. 그러던 어느 날 나는 우거진 벼 사이에서 그 소녀가 한 남자와 옷을 벗고 뒹구는 것을 보았다. 소녀는 허수아비의 아이를 배지 않았으며 그 남자의 아이를 배었다. 그녀는 거짓말쟁이였다. 슬픔 끝에 그 사람을 찾아갔을 때 그는 자랑스레 말했다.

"난 저 나무를 뛰어넘겠다, 잘 보렴. 난 해낼 수 있다."

그는 쩔뚝거리며 포플러나무를 뛰어넘었다.

"두고 보렴. 나는 저 나무가 자라는 높이까지 뛰어넘을 것이다. 난 해낼 것이다."

그러나 그는 늙어 있었으며 허리가 굽어 있었다. 그는 노인에 불과했다. 그는 이빨이 빠져 단 두 개의 이빨만 가지고 있을 뿐이었다. 그의 세 아이는 오래전에 죽었으며 그의 아내는 아직 돌아오지 않았다. 방물장수는 이렇게 말했다.

"그의 아내를 만났어. 그 여자는 바닷가에서 모래로 떡을 만들어 시장에 나가 팔고 있었지. 나도 하나 먹어보았어. 아주 맛이 있더군. 내가 이렇게 물었지. 당신 남편이 기다리고 있노라고, 그러니까 돌아가자고. 그러자 그 여인은 대답했어. 기다리라고 말을 전해주세요. 저 많은 모래로 떡을 만들어 모두 팔 때까지."

*

삼 년 뒤에 포플러나무는 국기 게양대만큼 자랐

다. 아주 잘생긴 나무였다. 대지 위에 뿌리를 단단히 박고 젊고 싱싱한 나뭇가지를 마음껏 펼쳐들고 있었다. 잎새는 무성해서 넓은 가슴에 돋아난 털들처럼 보였다. 그에 비하면 그는 죽어가는 노인이었다. 그는 두 개 남은 이빨 중에 하나를 잃어버렸다. 그는 단 하나의 이빨을 가지고 내게 말했다.

"잘 왔다, 아가야, 내가 저 나무를 뛰어넘을 테니까 지켜보렴."

그는 나를 아가라고 불렀지만 이미 나는 불행하게도 아가는 아니었다. 나는 청년이었다.

그는 쩔뚝거리며 느린 동작으로 달렸다. 그러고는 바람처럼 일어섰다. 그의 몸은 새처럼 비상했다. 그는 가문비나무로 만든 빗자루처럼 공기를 쓸며 가볍게 날았다. 그는 포플러나무를 뛰어넘었다.

"봤지, 봤지, 나는 뛰어넘었다. 나는 포플러나무를 뛰어넘었다."

사 년 뒤 포플러나무는 하늘처럼 높이 자랐다. 어찌나 높이 자랐는지 그 끝이 보이지 않았다. 새들은

밀짚과 삭정이를 부리로 물어다 나뭇가지 위에 집을 지었으며 그곳에 알을 낳았다. 키 낮은 구름들이 포플러나무 중턱에 걸려 있을 정도였다. 여름이면 온 마을 사람들이 나무 밑 그늘에 와서 낮잠들을 잤지만 그늘이 넓어서 자리 다툼할 이유는 없었다.

장난꾸러기 아이가 그 나무등걸을 타고 구름 위로 올라갔다 내려온 후 이렇게 말했다.

"구름 위에서 할아버지의 할머니를 만났었어요. 할머니는 그 나뭇가지 꼭대기에서 둥우리를 만들고 살고 있었어요. 세 아이도 있었어요. 정말이에요. 믿지 못하겠다면 한번 올라가보세요."

물론 나는 이미 어린아이가 아니었으므로 그 아이의 말이 사실인지 아닌지 확인해보기 위해서 나무등걸을 타고 구름 위로 올라갈 만큼 가볍지가 않았다.

*

　그를 만났을 때 그는 아주 늙은 노인이 되어 있었다. 그의 하나 남아 있던 이빨마저도 없어져버렸다.

　"네가 왔구나, 아가야."

　그는 기뻐서 웃었다.

　"넌 어릴 때부터 내게 구름 위를 뛰어넘을 수 있겠느냐고 물었지."

　"그래요, 할아버지. 기억하고말고요."

　"이제 내가 네게 보여주겠다. 내가 저 나무를 뛰어넘는 것을 보렴."

　그는 쩔뚝거리며 먼길을 뛰었다. 그리고 어느 순간 허공으로 솟구쳤다. 그의 몸은 하늘 위로 빨려들어갔다. 나는 그가 솟아오른 포플러나무 끝을 우러러보았다. 그는 보이지 않았다. 나는 오랫동안 그가 다시 지상에 내려오기를 기다렸다. 그는 영영 내려오지 않았다. 처음에 나는 그 끝 간 데를 모르는 포플러나무가 너무 높아 다시 지상에 내려오는 데는 그만큼 시간이 걸릴지도 모른다고 생각했다. 그래서 해 저물도록 기다렸는데 그는 내려오지 않았다. 아주 오랜 후에 무언가 툭 하고 떨어졌다. 나는 그것을 주웠다. 그것은 낡은 신발 한 짝이었다.

*

나는 최근 그 마을에 가보았다. 아내와 두 아이를 데리고. 마을은 변했지만 포플러나무는 그대로 서 있었다. 왜 그렇게 느꼈었을까 싶게도 포플러나무는 아주 작고 왜소해 보였다. 나뭇잎들은 시들어 있었고 나뭇가지들은 부러져 있었다. 그것은 물속에서 익사한 시체처럼 고통스럽게 뒤틀려져 있었다.

이 지상에서 가장 높이 뛰었던 그 이상한 사람의 모습은 언제나 또다시 지상으로 떨어져내려와 우리들 앞에 나타나 보일 것인지.

나는 오늘 아침 내 집 마당에 아주 더디게 자라나는 사과나무 한 그루를 심을 것이다. 그리고 매일

아침 그것을 뛰어넘을 것이다. 그래서 언젠가는 구름을 뛰어넘을 것이며, 마침내는 그가 사라져버린 저 이상한 곳, 또다른 세계에서 그를 만나게 될 것이다.

이제야 나는 알았다.

우리가 사는 이 세계는 실은 우리가 살고 있던 저 먼 곳에서부터 높이뛰기해서 잠시 머물다 가는 허공이며, 우리가 돌아가서 착지着地하는 곳이야말로 우리의 지친 영혼을 영원히 받아들여주는 지상의 세계인 것을. 그렇다. 우리는 지금 허공에 있다. 우리는 지금 물구나무 하고 다니고 있는 것이다.

이상한
사람들 3

침묵은 금이다

그는 이상한 사람이었다.

처음부터 이상한 사람은 아니었다. 그는 잘생긴 사람이었으며, 또한 잘생긴 부인과 두 아이를 가지고 있던 사람이었다. 그는 이제 겨우 서른다섯 살이었으며, 그 나이에 벌써 유수한 기업체의 부장이었다. 그의 승진은 예상되어 있었으며 그는 훌륭한 집을 가지고 있었다. 은행에도 2억원쯤 예금을 가진 착실한 가장이었다. 그것은 쉬운 일이 아니다. 월급은 쓰고 남을 만큼 풍족했으며 남는 돈으로는 저축을 할 수 있었다. 그는 좋은 이웃이었으며, 아침마다 골목을 청소하는 부지런한 사내였는데 자기 집 앞만 쓰는 것이 아니라 온 동네, 온 골목을 빗자루로 샅샅이 쓸고 다녔으므로 동네 주민들은 그를 착하고 좋은 이웃으로 생각하고 있었다.

*

그러던 그가 어느 날 하루 동안 이상한 사람이 되어버렸다. 갑자기 그는 입을 다물었다.

"말이 싫어졌어."

그는 아내에게 말했다.

"앞으로 나는 말을 하지 않을 거야. 나는 입을 다물 거야. 나는 입을 열지 않을 거야."

"칫솔질은 어떻게 할 거예요. 입을 다문다면."

침묵은 금이다

"물론 이는 닦아야지. 하지만 혀는 놀리지 않을 거야."

"하품도 하지 않을 건가요."

"하품을 하지 않을 수는 없지. 하지만 입은 연다고 해도 말은 하지 않겠어. 말은 간사한 거야. 나는 말이 싫어졌어."

"하지만……"

깔깔깔깔 그의 아내가 웃으며 말했다.

"당신은 벌써 스무 마디 이상의 말을 했잖아요. 말을 하지 않겠다고 하고선……"

"이제부터 입을 다물겠어."

그날 이후부터 그는 입을 다물었다.

*

그 이유는 아무도 모른다. 왜 그가 어느 날 아침부터 입을 다물겠다고 결심했는지. 그는 누구와도 다투지 않았다. 쓸데없는 농담을 해서 구설수에 말려든 적도 없었다. 다만 언제부터인가 그는 말이라는 것은 항상 마음보다 성급해서 저 먼저 달려나가고 일단 앞서 달려나가면 그 고삐를 쥘 수 없는 미친 말[馬]에 불과하다는 것을 느끼고 있었다. 어떠한 말[言]도 진실이 깃들어 있지 않았다. 말은 악마의 것이었다. 입으로는 미안합니다라고 말하고 있으면서도 마음은 전혀 그렇게 생각하고 있지 않았다. 그것은 거짓이었다.

안녕하세요. 반갑습니다. 미안합니다. 사랑합니다. 나를 믿어주세요. 우리는 보다 잘살 수 있습니다. 수많은 말들이 입안에서 튀어나가도 그것은 재빠르게 포도를 먹고 그 알맹이는 삼켜버리며 씨와 껍질만 익숙하게 뱉어버리는 행위에 지나지 않았다. 말은 더러운 씨와 껍질이었다. 말은 저주의 타액이었으며, 말은 씹다씹다 툭 뱉어버리는 향기 빠진 껌에 불과했다. 그런 말들이 거리에 떠다닌다. 놓친 풍선처럼. 둥둥 떠다닌다. 몰래 거리에 버린 연탄재만 쓰레기라 할 것인가. 뱉어버린 말들도 치

77   침묵은 금이다

울 수 없는 쓰레기들이었다.

우연히 길거리에서 만난 옛 친구와 웃음을 나누며 악수를 하고 반갑습니다 말은 해도 마음은 그가 가야 할 출근길을 벌써 달려가고 있다. 말은 그러니까 철 지나도록 벽에 붙어 있는 선거 벽보판처럼 아무런 의미 없는 장식에 지나지 않았다.

*

그의 아내는 그의 결심을 그냥 장난스럽게 받아들이고 있었다. 그의 아내는 남편의 유약한 성격을 잘 알고 있었다. 그가 벌써 아홉 번의 금연 결심을 일주일도 못 채워 파기해버리는 소심한 사람이라는 것을 잘 알고 있었다. 그래서 언젠가는 답답해서 제풀에 입을 열고 말을 하게 될 것이라는 것을 믿어 의심치 않았다.

그러나 그의 침묵은 날이 갈수록 깊어만 가고 있었다. 그는 침묵에 익숙해져버린 사람처럼 보였다.

처음에는 침묵의 무게를 감당하지 못해 무거운 짐을 진 수고스런 사람처럼 위태위태하게 보였었다. 그러나 날이 갈수록 그의 침묵은 그의 분위기로 굳어져가고 그의 입은 두터운 빗장이 걸린 두터운 철문처럼 굳게 닫혀 있었다. 그는 거대한 바위처럼 보였다. 처음에는 저렇게 나가다가도 자기가 먼저 입을 열겠지 하는 마음으로 대수롭게 여기지 않던 아내는 조바심이 일기 시작했다.

"말 좀 하세요."

그의 아내는 식탁에 앉아서 먼저 말을 걸었다. 그러나 그는 묵묵히 밥만 먹었다.

"난 침묵이 싫어요. 말 좀 하세요."

그는 대답 대신 웃었다. 그러나 입을 벌리고 웃진 않았다. 그의 입은 진주를 품기 위해서 굳게 입을 다문 패각貝殼 껍질처럼 보였다.

＊

그의 침묵이 집안을 바다 밑에 가라앉은 침몰한 배처럼 만들었다. 아이들은 아버지가 벙어리가 되었다고 말했다.

"너희 아버진 벙어리가 아니다."

그의 아내는 완강히 부인했다.

"아버진 좋은 목소리를 가지고 있었다. 너희들도 잘 알지 않느냐? 아버진 누구보다 재미있게 말을 할 줄 아는 분이셨다. 너희들에게 옛날이야기 해주던 것 기억나지 않니."

"그렇다면 아빠 왜 입을 열지 않는 것일까요. 아빠는 이상한 사람인가요."

"아빠 거짓말을 하고 싶지 않으시기 때문이다."

"말이 거짓말인가요, 엄마. 아빠 이상해요. 이상한 사람이에요."

아이들을 꾸중해서는 안 된다. 그들은 아버지 곁에서 멀어져갔다. 지난날 휴일이면 아버지의 어깨

위에 무등을 타고 동물원에도 가고 공원으로 산보 나가고, 잠이 들 때까지 콩쥐팥쥐 얘기를 해주던 다정했던 기억이 사라진 지 오래였다. 어린아이들은 단념이 빠른 편이니까. 그들은 아버지를 이상한 요술에 걸려 말을 하지 못하는 동화 속의 인물로 생각하고 있었다.

*

집에 돌아오면 그는 자기 방에 틀어박혔다. 그는 온 방의 불을 끄고 커튼을 닫고 깊은 어둠 속에 잠겨 있었다.

"아이들이 당신을 벙어리로 알고 있어요. 아이들이 당신을 무서워하고 있어요. 제게는 말을 하지 않으셔도 좋아요. 하지만 아이들에게는 몇 마디 따스한 말을 해줄 수 있잖아요. 하루에 세 마디만 해주세요. 아이들은 당신을 벙어리로 알고 있어요."

아내는 눈물을 흘리며 울었다.

"우리는 가족이에요, 여보. 우리는 당신에게 모든 것을 요구하고 있어요. 당신은 우리집의 기둥이에요. 나를 위해서 한마디만 해주세요. 무슨 말이라도 좋아요. 여보, 난 무서워요. 당신이 진정 이상한 사람이 되어가는 것이 아닌가 두려워요. 당신은 바위 같아요. 도대체 왜 그러시는 거예요."

그는 물끄러미 아내를 들여다보았다. 그는 웃으며 연필과 종이를 꺼내들었다. 그는 종이 위에 다음과 같은 글자를 썼다.

"울지 말아요."

아내는 울면서 그가 쓴 종이를 들여다보았다.

"이것이 당신의 말인가요."

그는 잠자코 머리를 끄덕였다.

"고마워요."

아내는 억지로 웃으면서 말했다.

"내 말에 대답해주셔서 고마워요."

*

그의 침묵은 가족에게만 무섭게 느껴진 것은 아니었다. 직장에서도 그의 침묵은 말썽이 되었다. 그는 전화를 받아도 대답하지 않았다. 부하 직원들은 그가 미친 사람이 되었다고 수군거렸다. 유능하고 장래가 촉망되던 상사가 어째서 이상한 사람이 되어버렸을까, 그들은 이해할 수 없었다. 그러나 그것에서 끝날 수는 없었다. 그의 직장 상사는 간부 사원인 그의 침묵을 용서할 수 없었다.

"자네가 말을 하지 않는다더군."

사장은 그에게 말했다.

"회사에 소문이 파다해. 자네가 말을 하지 않는다고. 어디 아픈가?"

그는 긴장해서 딱딱해진 몸을 추스르며 황급히 몸을 흔들었다.

"어떻게 된 거야. 자네, 정신 있어, 없어."

사장은 머리를 흔들었다.

그는 송구스럽게 고개를 떨구고 서 있었다.

"말을 하지 않는다면 쓸모없는 인간이야. 자네가 우리 회사를 위해 얼마나 애를 써주었는가 하는 것은 잘 알고 있어. 허지만 말이 없는 사람은 죽은 사람과 다름없어. 말을 하지 않을 생각이라면 당장 나가주게."

*

그날 밤 그는 캄캄한 방에 혼자 앉아 있었다. 그는 자기가 언제부터 말을 하지 않았는가 생각해보았다.

그는 일 년이 지나도록 단 한마디의 말도 하지 않은 사실을 깨달았다. 그는 정말 행복했었다. 그는 평생을 벙어리로 지낼 생각은 아니었다. 그는 자신이 진실만을 얘기할 수 있을 때 비로소 입을 열리라 마음을 먹고 있었다. 그러나 사람들은 끊임없이 그에게 말을 요구하고 있었으며 말이 없이는 살아갈 수 없다는 것을 그는 깨달았다. 그것은 슬픈 일이었다. 그는 말이 없이도 아내와 사랑을 나눌 수 있었으며, 말을 않고 있을 때야 비로소 사물의 핵심을 꿰뚫어볼 수 있음을 알게 되었다.

사랑한다고 말한 순간 사랑하는 마음은 빛을 잃으며, 미안합니다라고 말한 순간 교묘한 말의 유희로 진실의 마음은 변색이 되어버린다. 꽃은 꽃이라고 부른 순간 꽃의 마음은 오로지 형식적인 관계로 멀어져가는 것을 그는 깨닫고 있었다. 말을 끊은 동안 그는 어둠과 이야기할 수 있었으며, 꽃과 이야기할 수 있었으며, 물과 다정한 대화를 나눌 수 있었다. 말은 바람과 이야기하는 통로를 막는 차단기 역할을 하고 있다는 것을 깨달았다. 꽃들은 꽃들의 말이 있으며, 바람은 바람의 말들이 있었다. 새는 새들끼리의 언어가 있으며 개미는 개미들끼리의 언어들이 있었다.

*

  그는 알고 있었다.

  애초에 인간은 그들과 함께 이야기를 나눌 수 있었으며, 그들의 마음을 읽을 수 있었으며, 그들과 함께 생활했으며, 그들 세계의 일원이었음을 침묵 속에서 깨달았다. 단지 인간이 말을 배운 뒤부터 그들과 멀어져갔으며, 때문에 말은 사물과 한마음으로 친화하는 마음을 베는 칼날이었음을 깨닫고 있었다. 말은 이교도들의 주문呪文이었다. 말은 알아들을 수 없는 인간의 방언方言이었다.

  그는 침묵 속에서 사물의 언어를 배웠으며 이제야 겨우 그들의 말을 띄엄띄엄 알아들을 수 있었다. 그런데 그가 입을 열지 않는다면 해고될 것이라고 사장은 엄중하게 경고했으며, 그렇게 된다면 가족들이 어떻게 살아가야 할 것인지 그는 막막한 절망감을 느꼈다. 그는 그럴 수는 없다고 생각했다. 입을 열어야 한다고 생각했다. 그래서 그는 혼잣말로

침묵은 금이다

중얼거려보기 위해 입을 열었다. 무슨 말을 해야 할까 그는 생각했다. 그의 머릿속에 한 가지 말이 떠올랐다.

"나는 이제부터 말을 하겠다."

그는 천천히 혀를 굴려보았다.

그때 그는 놀라운 사실을 알았다. 그의 혀는 딱딱하게 굳어 꼬부라지지 않았다. 그는 마음먹었던 말을 형상화시키려고 필사적으로 입을 움직였다. 그러나 단 한마디의 단어도 발음해낼 수 없었다. 그의 입은 튼튼한 자물쇠로 잠긴 문이었다. 그 자물쇠를 여는 열쇠는 잃어버린 지 오랜 후였다. 그는 무서웠다. 말하는 기능을 완전히 상실했다는 것을 깨달은 순간 그는 방을 뛰쳐나왔다. 그는 잠든 아내를 흔들어 깨웠다. 그의 아내는 꿈에서 눈을 떴으며, 그가 입을 열고 무언가 안타깝게 울부짖는 것을 보았다. 그건 어디까지나 형상에 불과했다. 그의 입은 쉴새 없이 움직이고 있었지만 신음 소리조차 흘러나오지 않았다. 그래서 아내는 무언가 크나큰 위험이 그녀의 남편에게 일어났다고 느꼈다.

"웬일이에요, 여보. 무슨 일이 일어났어요?"

그는 필사적으로 입을 움직였다. 그는 가위에 눌린 사람처럼 보였다. 그는 자신의 입을 가리켰다. 아내는 그의 목구멍에 저녁에 먹은 생선가시가 걸린 것이라고 생각했다. 그래서 그의 입을 벌리고 목구멍 속을 들여다보았다.

"나는 말할 수 없어."

그는 종이 위에 그렇게 썼다.

"말하지 않으면 직장을 쫓겨나게 됐어. 나는 다시 말하기로 결심을 했어. 그런데 말을 할 수 없게 됐어."

아내는 끊임없이 땀을 흘리고 있는 남편을 쳐다보았다. 그녀는 남편이 분명 이상한 사람이라고 생각했다. 지금까지 그녀는 한 번도 남편이 이상한 사람이라고 느껴본 적은 없었다. 많은 사람들이 그녀의 남편을 비난하고 비웃어도 그녀는 그가 훌륭하며 자상한 남편이라는 것을 확신하고 있었다. 그러나 그런 확신이 일순에 와르르 무너지는 것 같은 느낌을 받았다.

"말해보세요."

아내는 얼빠진 목소리로 타일렀다.

"내 말을 따라 해보세요."

잠시 떠올릴 말을 생각했다. 그녀는 주기도문을
생각해내었다.

"하늘에 계신 우리 아버지 이름을 거룩하게 하옵
시고…… 자, 따라 해보세요."

그는 머리를 흔들었다. 그는 종이에 이렇게 썼다.

"안 돼. 불가능한 일이야."

"당신은 할 수 있어요. 당신은 너무 오랜만에 말
을 하려고 하기 때문에 말하는 법을 잊어버린 거예
요. 서둘지 마세요. 천천히 해보세요. 하. 천천히. 하
늘에 계신 우리 아버지……"

"……"

그는 머리를 흔들었다.

"당신은 정말 이상한 사람이군요. 당신은 미쳤어요."

아내는 소리질렀다.

그는 멍청한 얼굴로 아내를 보았다. 그의 눈에 형언할 수 없는 슬픔이 젖어들고 있었다.

"당신은 귀신에 씌었어요. 당신은 벙어리예요. 난 당신이 싫어졌어요."

그는 우두커니 서 있었다.

이 가엾은 사내는 마침내 자기가 이 세상에서 유일하게 믿었던 아내에게서까지 버림받은 것을 알았다. 아내는 그를 이해해주던 유일한 사람이었다.

*

내가 무엇을 잘못했을까.

그는 자신에 대해 생각해보았다. 그는 이유를 생각해낼 수 없었다. 그가 잘못한 것이라면 말을 하지 않았던 것이며 마침내 그 침묵에서 헤어나오기 위해서 아내에게 도움을 청했던 것밖에 없었다. 그는 영원히 입을 다물게 되었다.

당연히 그는 회사에서 해고당했으며, 아내에게마

침묵은 금이다

저 버림받았다. 그는 더이상 말하려 하지 않았다. 그는 이제 아내를 위해서 썼던 연필과 종이를 더이상 필요로 하지 않았다. 그는 아무에게도 연필로 글씨를 써서 대답해야 할 필요성을 느끼지 않았다. 왜냐하면 그 누구도 그에게 말을 붙이지 않았기 때문이었다.

그의 집은 가난해졌으며, 아내는 그에게 말했다.

"내 눈앞에서 보이지 말아요. 난 당신을 보면 화가 나니까요."

아이들은 세월이 흐를수록 씩씩하고 아름답게 커갔지만 아무도 아버지를 상대하지 않았다. 그는 집에서 있으나마나 한 사람이 되었다. 그를 사람이라고 부를 수 있을까. 아이들은 아버지를 집안에 있는 가구나 도자기, 병풍 그런 무생물적인 것으로 생각했다. 그들은 그들끼리 식사를 했으며, 그는 캄캄한 어둠 속에서 혼자 밥을 먹었다. 그곳에서 자고, 그곳에서 꿈을 꾸었으며, 그곳에서 어둠과 얘기했다. 손님이 오면 가족들은 이상한 아버지가 나오기를 원치 않았다. 그래서 그들은 아버지의 방문을 아예

걸어 잠그기도 했었다. 손님이 가도 아버지의 방문을 여는 것을 깜박 잊곤 해서 그는 캄캄한 방 속에 틀어박혀 몇 날 며칠을 아무것도 먹지 않고 누워 있을 때도 있었다.

그의 집은 아주 가난해져서 그의 아내가 일을 해서 먹고살 수밖에 없었다. 아내는 아침 일찍 나갔다가 저녁 늦게 들어오면 벼락 같은 소리로 이렇게 소리를 지르곤 했다.

"나가버려. 썩 내 눈앞에서 꺼져버려, 이 원수야."

직장과 가족에게서까지 버림받은 그는 마침내 어디론가 사라져버렸다. 가족들은 아주 오랜 후에야 그가 사라져버린 것을 알았다.

"아버지가 사라졌어요, 어머니. 없어졌어요."

"잘됐지 뭐냐. 차라리 잘됐지. 참으로 다행스런 일이다."

어머니는 대수롭지 않게 말을 이었다.

"아무것도 하지 않고 밥만 축내는 식충이를 하나 떨궜으니 얼마나 다행이냐."

*

"……이게 네가 알고 싶은 것의 전부란다, 아가
야."

오랜 이야기를 끝내고 나서 그는 내게 말을 했
다. 그는 신기료장수였는데 얘기하는 도중에도 쉴
새없이 낡은 구두창을 꿰매고 있었다.

"네가 알고 싶어했던 것을 모두 가르쳐주었다. 내
가 어디서 왔으며 뭘 하던 사람인가를 모두 얘기해
준 셈이다. 이제야 속이 시원하니?"

"하지만 아저씨."

나는 쭈그리고 앉아서 그를 올려다보았다.

"아저씨는 누구보다 말을 잘 하시잖아요. 아저씨
는 말을 잘 하세요. 저는 아저씨의 말을 모두 알아
듣고 있어요. 아저씨는 벙어리가 아니에요."

"물론 아니고말고."

그는 웃었다.

"집을 떠나와 오 년이 지난 후에야 나는 말을 할

수 있게 되었단다. 남이 신다 해진 신발을 꿰매고 나서부터 다시 말하게 되었단다. 허지만 아직도 어떤 사람들은 하나도 내 말을 알아듣지 못하고 있단다. 그들에게 나는 벙어리처럼 보인다. 말은 입으로 하는 것이 아니지. 말은 마음으로 하는 거란다. 너는 이 다음에 무엇이 되고 싶으냐."

그는 꿰맨 구두 뒷굽을 떼어 붙이며 나를 보았다.

"나는 말을 많이 하는 사람이 되겠어요, 아저씨."

"그건 참으로 어려운 일이지. 무엇보다 먼저 네 마음의 문을 열어놓지 않으면 아무도 네가 말하는 것을 듣지 못한단다."

"왜 집으로 돌아가지 않으시나요."

"아직까지 그들은 내 말을 알아듣지 못할 테니까."

"왜 사람들은 아저씨를 벙어리라고 부르고 있는지 나는 그것을 모르겠어요."

"내가 벙어리가 아니라, 그들이 귀머거리이기 때문이다. 자, 다 됐다. 가져가려무나, 이 신발은 이제 새 구두가 되었다. 앞으로 십 년은 더 신고 다닐 수 있겠지."

"얼마를 드리면 될까요."

"아무것도 주지 않아도 된단다, 아가야."

그는 머리를 흔들며 대답했다.

"내가 네 구두를 꿰매준 것은 돈을 받기 위한 것이 아니었다. 난 네 구두를 만질 수 있는 것만으로도 즐겁거든. 나는 낡은 구두만도 못한 사람이지. 잘 가거라, 아가야. 내 이야기를 들어주어서 고맙구나."

*

요즈음 나는 신기료장수가 되고 싶다. 그 누구나 신고 다니는 구두창을 들여다보며 그곳에 징을 박고, 실로 꿰매고 구두굽을 붙이는 그런 작업을 하고 싶다. 내가 고친 구두를 신고 많은 사람들의 발이 좀더 편해졌으면 한다. 그들이 원한다면 나는 구두창을 혀로 핥아 그것을 좀더 깨끗하게 만들고 싶어진다. 나는 인간들의 밑에서 존재하고 싶으며 그들

침묵은 금이다

의 때 묻고 낡은 구두를 꿰매고 고치는 것만으로 행복해지고 싶다. 아무런 보수도 받지 않으며. 그러할 때 나는 마음의 문을 열게 될 것 같다. 참으로 어려운 일이다. 어렸을 때 만났던 그 사람이 내게 말했듯이 말을 많이 하고, 더구나 글을 쓴다는 일은 참으로 어려운 일이다. 무엇보다 그에게서 침묵을 배울 일이며, 인간들의 낡은 구두를 내 가슴에 스스럼없이 품을 수 있을 때 나는 비로소 모든 사물과 얘기를 나눌 수 있을 것이다. 나는 신기료장수가 되고 싶다.

내가 하는 말이 한 가닥 실이 되어 낡은 구두의 밑창을 꿰매고 내가 쓰는 글이 하나의 징이 되어 낡은 구두의 밑바닥에 박혀서, 걸을 때마다 말굽 소리를 내기 위해서는 침묵의 신기료장수가 될 수밖에 없을 것이다.

이상한 사람들

1판 1쇄 발행 2006년 11월 28일
2판 1쇄 발행 2006년 12월 27일
3판 1쇄 발행 2018년 1월 2일
3판 2쇄 발행 2018년 1월 25일

지은이 최인호
그린이 김무연
펴낸이 정중모
편집인 함명춘
펴낸곳 도서출판 열림원
임프린트 책읽는섬

출판등록 1980년 5월 19일 (제406-2000-000204호)
주소 경기도 파주시 회동길 152
홈페이지 www.yolimwon.com
페이스북 /yolimwon
인스타그램 @yolimwon

전화 031-955-0700
팩스 031-955-0661~2
이메일 editor@yolimwon.com
트위터 @yolimwon

기획 편집 유성원 이영은
제작 관리 윤준수 조아라 김다옹 허유정

홍보 마케팅 김경훈 김정호 김계향
디자인 강희철

ISBN 979-11-88047-31-4 03810